D1386441

# Comme les six doigts
# de la main

# Comme les six doigts de la main

### Scénario et dialogues:
### ANDRÉ MELANÇON

### *Adaptation Henriette Major*

## ÉDITIONS HÉRITAGE
MONTRÉAL

Conception graphique de la couverture : Martin Dufour
Illustration de la couverture : Breton-Lebrun
Photos intérieures : Yves Ste-Mariet

© Les Éditions Héritage Inc. 1986
Tous droits réservés

Dépôts légaux : 3e trimestre 1986
Bibliothèque nationale du Québec
Bibliothèque nationale du Canada

ISBN : 2-7625-4454-8   Imprimé au Canada

LES ÉDITIONS HÉRITAGE INC.
300, Arran, Saint-Lambert, Québec J4R 1K5
(514) 672-6710

**Normand**

**Simone**

**Thérèse**

**Albert**

**Luc**

# Les cinq doigts
# de la main

Ces cinq-là, on dit dans le quartier qu'ils sont comme « les cinq doigts de la main ». Ils sont toujours ensemble, pour les bons coups comme pour les mauvais.

Le chef, c'est Normand. Il a treize ans. Calme, raisonnable, il parle peu. Il sait s'imposer sans éclat. Il est un peu plus grand que ses compagnons. Mince, cheveux noirs, teint basané, il est assez beau garçon. Les autres l'admirent et respectent ses opinions.

Il y a Simone. Petite, vive, intelligente, c'est le cerveau du groupe. Elle n'est pas grande pour ses douze ans, mais derrière ses lunettes, ses yeux brillent d'intelligence. On se fie à elle pour trouver de bonnes idées.

Il y a aussi Thérèse. Elle a le même âge que Simone mais en paraît davantage. Mince, cheveux châtain, elle fait déjà petite femme. C'est l'officier du groupe, le bras droit de Normand. Son côté « maîtresse d'école » la sert bien dans ce rôle.

Quant à Albert, c'est le type même du gros garçon sympathique. Il aime rire et faire rire. C'est le boute-en-train de la bande. Mais il aime moins qu'on rie à ses dépens.

Enfin, Luc, douze ans, est un fantaisiste, un imaginatif. Il s'est construit un monde de science-fiction et d'espionnage, monde dans lequel il fait entrer ses amis à l'occasion. Il n'est pas très costaud, et préfère la ruse aux confrontations.

Cette bande bien organisée évolue dans un quartier populaire de Montréal. Dans une arrière-cour, les cinq amis se sont construit une cabane avec des bouts de planches et d'autres matériaux de rebut. Sur la porte, un écriteau proclame en lettres malhabiles : « Défense d'entrer ». C'est là que la bande se réunit pour préparer ses activités.

Actuellement, les cinq amis se rencontrent souvent, car c'est la période des vacances d'été. Il n'est pas question de chalet en montagne ou de voyage à la mer pour ces enfants : ils doivent se contenter des ruelles de leur quartier.

C'est un quartier grouillant de vie. Les ménagères étendent la lessive sur les cordes à linge, les rentiers prennent le frais sur les perrons, des enfants de tous âges remplissent l'air de leurs cris.

Alain, un gamin de dix ans, est un habitué de l'arrière-cour où se trouve la fameuse cabane. Depuis plusieurs semaines, il rôde autour de la bande des « cinq doigts de la

main ». Son plus cher désir est d'en faire partie. Il est bien jeune, mais c'est un garçon débrouillard et inventif. Il a souvent prouvé qu'il n'avait pas froid aux yeux. Devant son obstination, les membres de la bande commencent à se laisser fléchir. Mais ils ne sont pas tous d'accord. C'est pourquoi, enfermés dans la cabane, ils sont en train de délibérer...

# L'attente

Dans une rue calme du quartier Saint-Henri inondée de soleil, des gens déambulent tranquillement sur le trottoir. Un livreur à bicyclette surgit au coin de la rue. Il s'engage entre deux maisons, dans le passage qui mène à la cour arrière. C'est dans cette cour que se trouve la fameuse cabane de la bande des « cinq doigts de la main ».

— Salut, Ti-Zoune ! dit un garçon d'une dizaine d'années qui flâne dans la cour.

— Salut, Alain ! répond le livreur.

Il descend de sa bicyclette et l'appuie contre un mur. Puis, il soulève un panier bien rempli et s'engage dans un escalier en criant :

— L'épicerie !

Le livreur parti, Alain se promène de long en large dans la cour d'un air excédé. Il va à la porte de la cabane et crie d'une voix impatiente :

— Dépêchez-vous ! J'en ai assez d'attendre !

Un garçon grassouillet ouvre la porte et lui répond sur le même ton :

— C'est ta faute : tu nous déranges.

Et il ferme la porte sans attendre la réponse. Alain pousse un long soupir et va s'asseoir sur les marches menant à une galerie délabrée. Depuis une demi-heure, ses copains discutent pour savoir si oui ou non il fera partie de la bande. Une demi-heure c'est long quand on a dix ans.

À l'intérieur de la cabane, le gros garçon nommé Albert va retrouver ses compagnons.

Il leur déclare :

— Alain commence à s'énerver.

Il reprend sa place à la table et la discussion se poursuit. Normand, le chef du groupe, trouve que l'attente a assez duré. Il dit d'une voix calme :

— Il va falloir finir par se décider. Il y en a qui veulent, il y en a qui ne veulent pas...

— Je n'ai pas dit que je ne voulais pas, corrige Thérèse. J'ai dit que je le trouvais un peu jeune... Je me demande s'il va être capable de nous suivre...

Les autres ne savent pas trop quoi répondre. C'est Simone, le regard malin derrière ses lunettes, qui propose enfin :

— Il y a peut-être moyen d'arranger ça. Je pense que j'ai une idée. On pourrait lui faire passer un test...

À l'extérieur, Alain se trémousse sur sa marche d'escalier. À bout de patience, il se lève et s'approche furtivement de la cabane. Il appuie son oreille sur la porte et écoute pendant qu'à l'intérieur du local, les enfants sont emballés par la suggestion de Simone.

— Un test ! Quelle bonne idée ! s'écrie Normand. Quelque chose de pas trop facile... de pas trop difficile non plus !

— Juste assez pour voir de quoi il est capable, ajoute Thérèse. Après tout, il n'a que dix ans...

Albert imagine une épreuve.

— As-tu déjà fait un tour de pneu ? demande-t-il à Luc.

— Non, mais j'ai déjà vu ça.

À ce moment-là, Luc aperçoit la silhouette d'Alain à travers les fentes de la porte. D'un geste de la main, il fait signe aux autres de continuer à parler. Puis, se penchant, il ramasse une balle de baseball et la passe à Albert qui la lance de toutes ses forces sur la porte. Bang !

Alain est tout étourdi par le choc. Il se frotte l'oreille. Puis, il donne un bon coup de pied dans la porte en criant :

— Bande d'imbéciles !

Normand lui réplique :

— Arrête d'espionner !

Albert et Luc s'amusent de la réaction d'Alain. Albert s'est approché de la petite fenêtre et observe le candidat. Normand demande le silence.

— Il reste à trouver un test, déclare-t-il.

Tout le monde se met à parler en même temps. Albert propose :

— Pourquoi pas cinq tests au lieu d'un ? On pourrait en suggérer chacun un...

On accepte l'idée.

Pendant ce temps, Alain, désoeuvré, s'amuse avec un miroir. Il lance des reflets de soleil dans la petite fenêtre de la

cabane. Mais la bande décide d'ignorer cette gaminerie. Alain examine les environs. Derrière lui, sur la galerie du deuxième étage, une voisine est en train d'étendre son linge. La cible est trop belle. Alain lui envoie quelques reflets dans les yeux.

La femme murmure quelques vagues menaces. Les reflets persistent; elle aperçoit enfin le gamin :

— Alain, arrête ça, petit effronté !

Au même moment, la porte de la cabane s'ouvre et Albert apparaît sur le seuil :

— On t'attend, dit-il d'un ton solennel.

# Le choix des épreuves

Alain fait son entrée d'un pas hésitant, pendant qu'Albert ferme la porte derrière lui et regagne sa place. Comme il n'y a que cinq chaises, Alain se tient au garde-à-vous, au bout de la table. Il attend le verdict, sous le regard attentif du groupe. Le chef se lève et prend la parole.

— Si tu veux entrer dans la bande, dit Normand, tu devras faire tes preuves.

— Faire mes quoi ?

— Faire tes preuves. Nous montrer ce que tu sais faire.

Vaguement inquiet, Alain interroge :

— Qu'est-ce que vous allez me faire faire ?

— On va te demander cinq choses... déclare Normand.

— Cinq épreuves, précise Simone.

— Si tu es capable d'en réussir quatre sur cinq, tu vas pouvoir entrer dans la bande.

Alain retrouve vite son aplomb :

— Je suis capable. Qu'est-ce qu'il faut faire ?

— On a choisi chacun une épreuve, poursuit Normand. Pour commencer, tu vas faire de l'acrobatie. Tu sais, le câble qui va de la cabane jusqu'au poteau près de la clôture ? Il va falloir que tu traverses la cour en t'accrochant à ce câble.

— C'est facile ! déclare Alain. C'est quoi, les autres épreuves ?

— Mon épreuve à moi est plus difficile, dit Thérèse. Je veux que tu rapportes le trophée que la bande à Ti-Pit nous a volé le mois dernier. Il est dans leur cabane.

Alain a un moment d'hésitation.

— La bande à Ti-Pit ? C'est tous des grands ! Ils ne voudront jamais me donner le trophée !

— Pas besoin de leur demander ! s'exclame Thérèse. Tu n'as qu'à le rapporter, c'est tout !

Alain marmonne :

— Vas-y donc, toi !

Mais Thérèse est intraitable.

— Mon épreuve, c'est ça. Débrouille-toi !

Alain pense en lui-même : « Des plans pour me faire casser la figure ! »

— C'est quoi, les autres tests ? dit-il finalement.

Simone enchaîne :

— Le mien n'est pas compliqué. Il faudra que tu tires du lance-pierre.

Alain est soulagé.

— Ça, c'est mieux !

— Sais-tu comment faire au moins ? demande Simone.

— Bien sûr ! répond Alain. Et après ?

— Es-tu bon dans l'espionnage ? demande Luc.

— Dans l'espionnage ?

— Oui, es-tu capable d'espionner quelqu'un ?

— Je pense que oui. Qui faut-il espionner ?

— Un bonhomme qui reste près de chez moi, dit Luc.

— Ah ! je devine : le vieux Polonais ?

Simone intervient :

— Je le connais ce vieux-là, ce n'est pas un Polonais. Ma mère l'a entendu parler; c'est un Portugais. Il s'appelle M. Soarès.

Alain ne semble pas tellement emballé.

— Tu veux que je l'espionne pour vrai ?

— Je veux que tu l'espionnes, insiste Luc. Je veux aussi que tu me rapportes des photos !

— Es-tu fou ! s'écrie Alain. Je ne m'appelle pas James Bond, moi ! Je n'ai jamais fait de photos !

Luc le rassure :

— Tu verras, c'est facile. Je vais te prêter l'appareil de mon frère.

— Si c'est comme ça, pourquoi ne les prends-tu pas toi-même, tes photos ?

— C'est l'épreuve que j'ai choisie, conclut Luc d'un ton sans réplique. Si tu veux, tu peux.

— Il reste mon épreuve, dit Albert avec un grand sourire. Moi, je te demande de faire un tour de pneu.

— Comment ça, un tour de pneu ?

— Tu t'installes à l'intérieur d'un pneu, on te pousse et tu roules !

— Tu me pousses où ?

— Je ne le sais pas encore ! Je trouverai bien une côte...

Alain n'est pas trop rassuré.

— C'est dangereux, ça !

— Pas du tout ! Tu vas voir, c'est amusant.

— Ça dépend pour qui !

Normand veut clore la réunion; il demande à Alain :

— As-tu retenu toutes les épreuves ?

Alain soupire :

— Je pense bien. Par quoi je commence ?

# Les deux premières épreuves

La bande traverse la cour et se dirige vers le poteau qui supporte un gros câble d'acier, tendu à environ six mètres du sol et relié à un coin de la cabane. La première épreuve consiste à traverser la cour en s'agrippant à ce câble.

— Regarde bien comment faire, dit Normand à Alain.

Il enfile une paire de gants, de gros gants comme en portent les travailleurs.

— Pourquoi des gants ? demande Alain.

Tu vas voir...

Normand s'élance dans le vide en s'agrippant au câble comme un singe pendant que les autres, le nez en l'air, suivent son évolution.

Un peu essoufflé par l'effort, Normand parvient jusqu'à la porte de la cabane, puis il se laisse tomber par terre, fier de sa performance.

— C'est à ton tour ! dit-il à Alain. Tiens, voici les gants.

— Je n'en ai pas besoin, déclare Alain.

Normand insiste :

— Mets ces gants, sinon, tu vas te blesser les mains...

— Non, répond fermement Alain en s'approchant de l'échelle appuyée au poteau.

Tout en fredonnant, il grimpe jusqu'au câble. Puis il sort prestement un objet de sa poche; c'est une poulie à l'usage des débardeurs. D'un geste rapide, il applique la roulette sur le câble, attrape l'anneau suspendu à la poulie, et... zoum ! Aidé par la pente, il glisse jusqu'à l'autre extrémité du câble. Les autres n'en reviennent pas. Luc demande en désignant la poulie :

— Ah ! c'est un outil à mon père... c'est pour transporter des marchandises.

Normand ne cache pas sa surprise.

— Ça te fait une épreuve de réussie. Une sur cinq !

Les enfants entourent Alain pour le féliciter. Albert a ramassé un bout de bois. Il fait glisser la poulie jusqu'au point de départ et escalade l'échelle.

— Où as-tu pris ça ?

— Il faut que j'essaie ça, s'écrie-t-il.

Retournant sa casquette, il répète les gestes d'Alain. Après avoir fixé la poulie sur le câble, il s'élance dans le vide en criant :

— Regardez bien Tarzan. Ya ou ! ou ! ou !

Mais il n'a pas pensé qu'il est beaucoup plus lourd qu'A-
lain. Les copains le voient filer comme un éclair, pour venir

s'écraser violemment contre la porte de la cabane. Albert se laisse lourdement tomber par terre. À demi assommé, il regarde les autres d'un air penaud.

— Ouf ! ça va joliment vite avec une poulie...

Toute la bande pouffe de rire. On discute un peu des épreuves à venir, puis on se sépare.

En fin d'après-midi, Alain décide de commencer l'épreuve de l'espionnage. Armé d'un appareil-photo fourni par Luc, il se rend dans la petite rue où habite le vieux monsieur qu'il doit espionner. Par chance, le vieux monsieur est justement dans le jardin en train de bêcher ses légumes. Alain prend quelques photos par les fentes de la clôture.

Tout à coup, une voix de fillette le fait sursauter.

— Qu'est-ce que tu fais là ?

Alain se trouve nez à nez avec une petite fille déguisée en grande dame. Elle a l'air plutôt sympathique. Il lui répond d'un air condescendant :

— Tu vois bien, je fais des photos.

— Alors, tu pourrais nous photographier... dit la fillette en souriant.

Elle fait un signe et deux autres « dames » sortent de derrière un buisson. Alain hésite un peu, puis il dit aux filles :

— Placez-vous là ! Ne bougez pas ! Souriez !

La séance d'espionnage se termine par une série de photos plutôt mondaines, mais la deuxième épreuve est quand même réussie puisque Alain a réussi plusieurs clichés du vieux monsieur.

# L'épreuve
# du lance-pierre

C'est maintenant le moment d'affronter la troisième épreuve, celle qui a été proposée par Simone : l'épreuve du lance-pierre. Depuis la galerie du deuxième étage, Thérèse suspend un enjoliveur de roue à la corde à linge. Près de la cabane, Simone, un lance-pierre à la main, donne quelques conseils à Alain.

— Tu retiens ta respiration, tu prends bien ton temps et tu vises juste un peu plus haut que l'assiette.

Normand et Albert s'approchent. Thérèse descend l'escalier et vient les rejoindre.

— Je suis prêt ! déclare Alain.

Le petit groupe se rassemble autour de lui. Normand jette un coup d'oeil circulaire et constate l'absence de Luc.

— Est-ce qu'on attend Luc ? demande-t-il.

— Il était là tout à l'heure, dit Simone. Il est reparti.

— Je ne veux pas l'attendre ! s'exclame Alain. Il n'avait qu'à être à l'heure.

Les autres semblent d'accord. Simone prend le lance-pierre des mains d'Alain. Elle retire une bille de sa poche et la place au centre de la fronde.

— Regarde bien, dit-elle.

Fermant un oeil, elle vise soigneusement la cible. Le coup part, suivi aussitôt d'un bing... sonore, pendant que l'enjoliveur tournoie sur la corde à linge. Satisfaite, Simone passe l'arme à Alain, avec un mot d'encouragement.

— Vas-y, tu es capable !

Albert reprend en chantonnant :

— Vas-y, t'es capable !

Alain procède lentement. Prenant la bille que lui tend Simone, il la place au centre de la bande de caoutchouc, et tend l'élastique; lorsque tous les regards se tournent vers l'assiette, il glisse discrètement la bille dans sa poche, puis fait semblant de tirer.

Bong ! Frappée en plein coeur, l'assiette se balance au bout de son fil, même si la bille est restée dans la poche d'Alain. Mais personne ne s'est aperçu de rien.

Normand est épaté.

— C'est parfait ! Continue, Alain !

Albert, le comique, ne peut s'empêcher de chantonner :

— Vas-y, mon Alain ! Vas-y, mon Alain !

— Arrête, tu m'énerves, dit Alain.

Simone lui tend la seconde bille. Sérieux comme un pape, Alain reprend sa position de tir.

Personne n'a remarqué Luc, à plat ventre sur le toit de la cabane, qui suit attentivement les gestes d'Alain.

Celui-ci est de connivence avec Luc et, au moment où le candidat fait mine de tirer, c'est Luc qui lance son projectile.

L'enjoliveur est touché une seconde fois.

Thérèse s'écrie :

— Deux sur deux !

— Ça va ! tu as réussi l'épreuve, déclare Normand. Il fallait que tu attrapes la cible deux fois avec trois billes. Tu n'as plus besoin de continuer.

— Même si tu manques, tu gagnes pareil ! ajoute Albert.

Alain, encouragé par son succès, décide :

— Je vais essayer mon troisième coup !

Simone lui donne une bille. Il tend la fronde et ferme un oeil. Pleine d'admiration pour son jeune élève, Simone l'observe. Soudain, du coin de l'oeil, elle aperçoit Luc en position de tir, sur le toit de la cabane. Luc se baisse, mais trop tard ! Les autres suivant le regard de Simone l'aperçoivent à leur tour. La supercherie est découverte.

Albert, moqueur, fait un grand geste vers le tireur.

— Salut, Luc !

Normand lui crie d'un ton sec :

— Descends de là, toi !

Un peu penaud, Luc saute en bas de la cabane et s'approche. Alain tente d'expliquer :

— C'était juste pour vous jouer un tour ! Bon, je recommence.

Il bande de nouveau sa fronde.

Normand intervient :

— Pas question de reprendre l'épreuve. Tu l'as ratée, un point c'est tout.

— Comment ça ? demande Alain.

— Tu as voulu tricher.

Alain tente de protester, mais il sait bien que le chef a raison. Maintenant, il devra forcément réussir toutes les autres épreuves pour être admis dans la bande.

— Rends-moi ma fronde, dit Simone.

Alain, furieux, cherche un moyen de s'en tirer sans perdre la face. Il cache la fronde derrière son dos.

— Viens la chercher, si tu la veux, ta fronde, crie-t-il en s'éloignant de quelques pas.

— Hé ! ne fais pas l'imbécile ! Je te l'avais prêtée seulement pour l'épreuve, rétorque-t-elle en colère.

Normand s'interpose :

— Laisse, Simone, il va se calmer.

Alain, les larmes aux yeux, réplique d'un ton amer :

— Je vais tellement me calmer que vous ne me verrez plus ici !

Tout en lançant quelques insultes, Alain recule jusqu'à l'entrée de la cour. Les autres sont déçus de la tournure des événements, mais Thérèse déclare simplement :

— Laissez-le bouder en paix.

Sans plus s'occuper d'Alain, le petit groupe se tourne vers d'autres activités. Tous s'approchent de la catapulte que Normand et Albert ont bâtie avec de vieilles planches et des bouts de câble; ils ont pris leur modèle dans une bande dessinée.

— On l'essaie ? demande Albert.

— Est-ce que ça marche ? fait Simone, sceptique.

Albert répond d'un air important :

— Ça, ma vieille, ça tire comme un canon !

Puis, il fait une démonstration en tendant un câble et en le relâchant brusquement. Les autres sont impressionnés. Luc sort de sa poche un beau gros pétard à mèche et demande :

— Est-ce que la catapulte pourrait lancer un pétard ?

Albert est ravi :

— Aïe ! c'est parfait comme projectile !

Albert reprend le câble en main, tandis que Luc s'approche et place son pétard dans le réceptacle; Simone frotte une allumette.

Intrigué, Alain revient lentement sur ses pas. D'un même mouvement, on allume le pétard et on relâche le câble. Bang !... le pétard va exploser sur un poteau, de l'autre côté de la ruelle. La manoeuvre a conquis Alain. Du coup, il a oublié sa rancoeur. Soudain, il aperçoit dans l'herbe une écuelle à demi remplie de spaghetti. Sourire aux lèvres et écuelle à la main, il s'amène vers le groupe.

— Regardez ! C'est pour le chien des Duquette. On pourrait lancer ça avec la catapulte... propose-t-il d'un air malicieux.

Albert est emballé.

— On essaie !

Alain verse le contenu de l'écuelle dans l'assiette de la catapulte.

Luc et Simone l'aident à déplacer l'engin. Albert est tout excité.

— Cette fois-ci, dit-il, on va tendre la catapulte jusqu'au bout ! On va la diriger du côté de l'édifice là-bas...

Puis il commence le compte à rebours.

— Tout le monde à son poste ! Prêts ? Cinq... Quatre... Trois... Deux... Un... Feu !

Le madrier s'est redressé d'un seul bond. Les enfants ont à peine le temps de voir filer le repas du chien des Duquette. Sur le toit d'un édifice voisin, un brave homme qui prenait le frais n'a jamais su d'où venait cette pluie de spaghetti qui s'est soudain abattue sur lui...

Quant à Alain, cet épisode lui a donné l'occasion de regagner l'amitié du groupe.

# Le trophée

Pour racheter sa défaite avec le lance-pierre, Alain est bien décidé à réussir la quatrième épreuve, qui consiste à ramener le trophée volé par la bande à Ti-Pit. Ce n'est pas une mince affaire : Ti-Pit et sa bande sont des grands, et ils ont une réputation de durs.

Leur cabane est située près d'un cimetière d'autos, à la limite du quartier. Alain décide d'aller inspecter les lieux. Il s'agit d'un vaste terrain rempli de carcasses de voitures.

Dans un coin, s'élève un petit hangar : c'est le repaire de la bande à Ti-Pit. Alain s'approche furtivement. Un gros cadenas en interdit l'entrée. Après l'avoir manipulé pour en vérifier la solidité, il ramasse un vieux clou rouillé et l'introduit dans le cadenas en le tournant fébrilement d'un côté et de l'autre.

Tout à coup, un camion surgit au bout du terrain, remorquant une vieille automobile. Alain l'observe un moment, puis poursuit sa délicate opération. Sans succès. Marmonnant entre ses dents, il aperçoit alors un vieux cintre qui traîne sur un tas de débris. Il tente de crocheter la serrure avec ce nouvel outil.

Soudain, un chien se met à aboyer au loin. Alain se retourne vivement et voit trois garçons à bicyclette faire leur entrée sur le terrain. Lâchant tout, il court se cacher derrière un monceau de voitures rouillées. Les trois garçons arrivent à la porte de la cabane. Ils descendent de bicyclette. L'un des trois ouvre le gros cadenas et le trio pénètre dans le hangar.

Pendant quelques secondes, Alain reste sur place, franchement contrarié. Son regard se porte alors sur un rouleau de fil de fer abandonné sur le sol. Une petite lueur s'allume au fond de ses yeux. Il jette un rapide coup d'oeil dans la direction du camion; le chauffeur n'est plus là.

Alain bondit, saisit prestement le rouleau de fil de fer, court vers le véhicule et attache un bout de fil au pare-chocs arrière. Puis, il se dirige vers le repaire ennemi tout en

dévidant le rouleau. Après quelques tâtonnements, il réussit à accrocher l'autre bout du fil de fer à la porte de la cabane. À l'intérieur, les gars de la bande à Ti-Pit n'ont rien entendu, car ils chantent et tapent du pied au son d'une musique rock.

Dix minutes plus tard, le camion démarre et l'on entend un craquement terrible. Les trois grands sursautent en voyant leur porte s'envoler. Ils se précipitent au dehors.

Le camion file sur le terrain vague, traînant la porte derrière lui. Les garçons s'élancent à sa poursuite en criant. Alain se faufile alors dans le local et en ressort l'instant d'après avec le fameux trophée.

Il court, court, comme il n'a jamais couru. Le coeur en fête, il anticipe déjà la joie des cinq quand il exhibera sous leurs yeux incrédules le trophée retrouvé.

« Mon épreuve n'est pas facile, mais à toi de te débrouiller », avait dit Thérèse.

Alain s'est magnifiquement débrouillé...

« Mission accomplie ! » songe-t-il avec fierté, en serrant contre lui son précieux fardeau.

# Le tour de pneu

Il reste l'épreuve du tour de pneu, qui a été fixée pour le lendemain après-midi, sur les pentes du parc du Mont-Royal.

Les copains se retrouvent le long d'un petit sentier du parc, poussant un gros pneu à tour de rôle. Albert et Luc se détachent du groupe pour inspecter les alentours. Ils s'arrêtent finalement au sommet d'une colline; Albert appelle les autres.

— Venez ! Ici, c'est parfait !

On couche le pneu par terre et on examine la descente. Alain n'est pas tout à fait rassuré.

— J'aimais mieux la petite côte qu'on a vue tantôt.

Albert réplique :

— C'était une côte pour bébés ! Celle-ci, c'est une vraie !

Alain hésite encore :

— On devrait d'abord envoyer le pneu tout seul, pour voir...

— Pas question ! tranche Albert. Pour l'épreuve, faut que tu sois à l'intérieur du pneu.

— Fais le premier tour ! Je ferai le deuxième.

Mais Albert est sans pitié :

— Non, non, non ! C'est à toi de subir l'épreuve. Ne t'inquiète pas, on va te suivre.

En soupirant, Alain s'introduit à l'intérieur du pneu, pendant qu'Albert lui prodigue des conseils :

— Penche la tête. Pousse-toi plus au fond ! C'est ça !

— Je vais me casser la figure...

Mais il est trop tard pour reculer. Albert tourne le pneu face à la pente et lui donne une légère poussée.

Le pneu roule à toute vitesse. Il passe sur les jambes d'un flâneur en train de se chauffer au soleil, mais l'obstacle n'arrête pas sa course. Un peu plus bas, il arrache la guitare des mains d'un jeune musicien et continue de rouler, suivi de la bande hurlante. Vers le bas de la pente, des pique-niqueurs ébahis voient soudain le pneu et son passager rouler au beau milieu de la nappe et réduire en bouillie un superbe gâteau à la crème.

Perdant peu à peu de sa vitesse, le pneu tombe enfin sur le côté et Alain en sort, tout étourdi mais ravi. Il s'écrie :

— Je l'ai eu ! J'ai réussi ! Je suis membre de la bande !

Les autres arrivent tout essoufflés. On l'entoure, on le félicite à grands coups de tapes dans le dos. Ça y est : Alain fait désormais partie de la bande des cinq, non... des six doigts de la main.

# Bande à part

Après l'excitation des épreuves, la bande a repris ses activités régulières. Dans la cour, Simone donne à Alain une nouvelle leçon de lance-pierre. Les autres flânent aux alentours.

Pour créer un peu d'action, Luc décide de faire une démonstration de karaté, mais il a pris la précaution de briser une planche à l'avance et d'en camoufler la cassure. Il ne sait

pas qu'Albert, arrivant à bicyclette, a pu observer son manège. D'ailleurs, les autres membres de la bande connaissent
son truc, car il leur a déjà fait le coup dans le passé; seul
Alain n'est pas au courant.

Luc place deux briques sur une caisse de bois. Il dépose
délicatement sa planche fêlée sur les briques. Puis il va à la
cabane inviter Normand et Thérèse à assister à sa démonstration.

Vif comme l'éclair, Albert court à la caisse et remplace la
planche de Luc par une autre planche absolument intacte.
Personne n'a vu la substitution. Luc revient en compagnie
de Normand et Thérèse. Il appelle les trois autres.

— Venez voir un champion de karaté à l'oeuvre, lance-t-il
à la ronde.

Bientôt, toute la bande fait cercle autour de Luc qui
commence par se frotter énergiquement les mains; puis des-
sine une série de gestes lents et solennels, pendant que les
cinq autres l'observent attentivement.

Luc s'aperçoit soudain que la planche ne ressemble pas
tout à fait à celle qu'il avait préparée. Le doute l'envahit,
mais il est trop orgueilleux pour faire marche arrière. Albert
le presse :

— Qu'est-ce que tu attends ?

Luc ferme les yeux et se concentre. Albert en profite pour
adresser un sourire de connivence à Normand.

Luc fixe intensément la planche en levant la main gauche, puis il pousse un cri perçant et abat sa main sur la planche. Celle-ci ne bouge pas d'un pouce, mais Luc s'est drôlement fait mal; il se frotte la main en gémissant.

Albert se tord de rire en se tapant les cuisses.

Le visage crispé par la douleur, Luc retourne la planche et cherche vainement la cassure. Puis il lève la tête et aperçoit Albert qui rit de plus belle.

Luc est en colère.

— Gros imbécile ! lance-t-il à Albert, qui fait l'innocent.

Alain qui n'a rien compris prend alors la défense de Luc :

— Essaye donc de la casser la planche, toi, Albert !

Luc, toujours aussi furieux, enfourche sa bicyclette et sort de la cour.

— Attends-moi ! lui crie Alain.

Ils se retrouvent tous deux sur le trottoir. Alain, qui n'était pas au courant de la supercherie, est rempli de sympathie pour Luc.

— Formons une autre bande... lui propose-t-il.

Luc, morose, marmonne :

— En tout cas, je ne peux plus sentir ce gros insignifiant d'Albert.

Alain, qui a encore en mémoire sa série d'épreuves, a une soudaine inspiration :

— Allons espionner le vieux Portugais, dit-il.

Luc est ravi de cette suggestion.

# Première filature

Luc et Alain sont en faction non loin de l'endroit où demeure M. Soarès. Postés au coin de la rue, ils attendent que leur victime sorte de sa maison.

— Ouais, il n'arrive pas vite, soupire Alain.

— Un vrai espion, ça peut attendre pendant des heures, réplique Luc.

Alain veut prouver à Luc qu'il connaît lui aussi des trucs d'espionnage. Il fait la démonstration de l'espion qui se cache derrière un journal pour surveiller son client.

Soudain, le vieux monsieur sort et remonte la rue sur son vélo-solex. Les deux garçons enfourchent leurs bicyclettes et le suivent. Leur poursuite les mène devant un imposant

édifice du Vieux Montréal. Le Portugais y pénètre. Les garçons descendent de bicyclette et lui emboîtent le pas en rasant les murs comme ils ont vu faire aux détectives dans les films. Mais ils n'ont pas le temps de pénétrer dans l'immeuble : le vieux monsieur en ressort porteur d'une valise noire.

— Hum ! tu as vu ? murmure Luc. Cette valise... c'est louche.

Le Portugais marche jusqu'au coin de la rue. Il semble attendre l'autobus. Luc et Alain retournent chercher leurs

bicyclettes mais, revenus sur les lieux, ils constatent que le bonhomme a disparu.

Une heure plus tard, Luc et Alain sont de retour dans la cabane de la bande. Ils ont oublié leur rancune. Face aux derniers événements, ils ont senti le besoin de retrouver les copains.

Luc raconte leur filature et conclut :

— ...alors on l'a perdu ! Juste le temps de reprendre nos bicyclettes et il était parti !

Les autres se consultent du regard.

Alain reprend d'un ton confidentiel :

— Il avait une grosse valise noire ! elle avait l'air lourde... mais pas trop trop, hein, Luc ?

— Elle contenait peut-être des faux billets, dit Albert, songeur.

— Peut-être !

À cette idée, les enfants s'excitent.

— Des faux billets de vingt dollars !

— Dix faux billets de vingt dollars, ça fait deux cents dollars !

— Mille faux billets de vingt dollars, ça fait...

— Vingt mille dollars !

Étourdi par le chiffre, Alain le répète tout bas et regarde les autres d'un air épaté.

Normand demande à Luc :

— Qu'est-ce que tu proposes ?

C'est Albert qui répond :

— On va fouiller sa maison !

— Ne fais pas l'imbécile, dit Luc.

— Laisse parler Luc, intervient Alain. Il a un plan...

# Les espions coincés

Le lendemain, les six enfants se retrouvent devant l'édifice où, la veille, Luc et Alain ont vu entrer le Portugais. Cette fois, toute la bande veut participer à la filature. Mais le monsieur semble tarder.

Albert déclare :

— S'il n'est pas ici dans cinq minutes, je m'en vais !

Luc le rassure :

— Il sera là bientôt.

— Tu dis ça depuis une demi-heure ! réplique Albert.

Au même moment, Luc s'écrie :

— Le voilà ! Le voilà !

Il fait signe aux autres de se cacher.

Les enfants reculent de quelques pas. Dans la rue, M. Soarès passe en vélo-solex. Il s'arrête devant l'immeuble, range son vélo sur le trottoir et pénètre dans l'édifice. Les enfants le suivent à pas de loup.

Ils parviennent dans un vaste hall d'entrée où règne une certaine animation, mais le vieux monsieur a disparu.

Au centre, un large escalier mène aux étages. Les enfants se regroupent dans un coin. Luc décide qu'il faut inspecter les lieux, il murmure des instructions. Quelques secondes plus tard, le groupe se divise en deux. Albert, Simone et

Alain se dirigent vers les escaliers pendant que Normand, Thérèse et Luc entreprennent de visiter le rez-de-chaussée.

Plus agile, Alain parvient le premier à l'étage. Il se retourne et fait signe à Albert et à Simone de se hâter. Après avoir erré dans les couloirs, les enfants se retrouvent devant un écriteau surmonté d'une flèche : AUDITION POUR « LES AMATEURS DE CHEZ NOUS ». CANAL 8. Attiré par une jolie musique, Alain ouvre une porte. Derrière un pupitre, une secrétaire est en train d'écrire. Elle lève la tête et dit d'un ton autoritaire :

— Vous êtes en retard, les enfants. Entrez !

Intimidés, les trois amis n'osent pas rebrousser chemin. Ils avancent de quelques pas. Crayon en main, la dame les regarde :

— Dépêchez-vous ! C'est déjà commencé.

Elle demande à Alain :

— Ton nom ?

— Alain Duquette.

Elle regarde Simone. Celle-ci bredouille :
— Simone Bergeron.

Albert, sans attendre, s'annonce :
— Albert Sarrazin. On venait juste pour...

Elle inscrit leurs noms sur une liste, puis les guide vers une porte au fond de la pièce.

— Entrez, mais ne faites pas de bruit. C'est commencé, dit-elle.

Les trois enfants hésitent une seconde. La porte du fond s'ouvre soudain et la tête d'un jeune homme apparaît.

— Il en manque trois ! murmure-t-il.

— Ils viennent d'arriver, répond la dame.

Le jeune homme s'avance vers les enfants :

— Venez !

Il les conduit dans la pièce voisine, où une dizaine d'autres enfants accompagnés d'adultes sont assis sur des chaises bien alignées. Au centre de la pièce, trois personnes installées derrière une table écoutent attentivement une petite fille d'une dizaine d'années qui chante une chanson à la mode.

Le jeune homme indique trois chaises à nos amis et leur dit tout bas :

— Ne bougez pas ! On va vous appeler.

N'y comprenant rien, ils s'assoient quand même et se concertent du coin de l'oeil.

Albert marmonne :

— Qu'est-ce qu'on fait ici ? Il faut qu'on sorte...

Simone lui fait signe de se taire. Bientôt, un garçon de sept ou huit ans exécute une danse à claquettes, accompagné au piano par une dame. Alain semble fasciné par la danse du garçon. Mais les deux autres frétillent sur leurs chaises : ils ne sont pas venus là pour assister à un spectacle; ils ont hâte de reprendre la filature.

# Le plan de Luc

Pendant que nos trois amis sont coincés dans la salle d'audition, Luc, Normand et Thérèse explorent le rez-de-chaussée. Luc a pris la tête du petit groupe. Après tout, c'est son plan qu'on exécute. Ils regardent autour d'eux puis s'avancent lentement dans un corridor. Luc entend tout à coup des cris bizarres derrière une porte. Faisant signe aux autres de ne pas bouger, il s'approche et l'ouvre discrètement. Un comédien habillé en japonais est en train de faire de grands gestes avec un bâton. Il aperçoit soudain Luc qui le regarde, bouche bée.

— Non, mais enfin ! On ne peut pas travailler tranquille ! La porte ! s'écrie le comédien.

Luc ferme la porte. Les enfants reviennent vers l'escalier, se demandant dans quel guêpier ils se sont fourrés. Au moment où ils débouchent dans le hall d'entrée, Luc s'arrête brusquement. Il vient d'apercevoir le Portugais qui se dirige vers la sortie. Luc bondit derrière lui, suivi de Thérèse et de Normand. Sa valise à la main, l'homme s'engage dans une petite rue tranquille du Vieux-Montréal. Chacun s'efforce de ne pas le perdre de vue.

L'homme s'arrête soudain devant un mur qui longe le trottoir et dépose sa valise. Ce mur est tout ce qui reste d'un édifice en ruines. Ici et là, des ouvertures ont été bouchées par des panneaux de bois. Les enfants se concertent. Ils décident de se glisser derrière le mur pour mieux observer le vieux monsieur. Avec mille précautions, ils traversent la rue et s'engagent dans un couloir entre deux maisons. Ils parviennent sans trop de difficulté à se glisser sous une grille à l'autre extrémité des ruines.

Le mur ne descend pas jusqu'au trottoir. Les trois enfants peuvent donc voir les pieds du bonhomme, ainsi que la valise noire posée par terre. Normand et Thérèse aperçoivent soudain l'homme qui se penche et qui ouvre sa valise. Quelques instants plus tard, un bruit métallique se fait entendre. Fort intrigués, les enfants se regardent sans rien dire. Normand se penche et avance la tête avec précaution. Il jette un coup d'oeil en direction du vieux. Ce dernier tient d'une main un grand rouleau de papier et, de l'autre, il se sert d'une agrafeuse. En deux temps trois mouvements, il fixe une affiche sur l'un des panneaux de bois. Puis, il referme sa valise, se relève et s'éloigne lentement.

Normand se glisse sous la clôture, imité par Luc et Thérèse. Ils s'empressent d'aller inspecter le travail. L'affiche

représente un samouraï en position de combat et annonce une pièce intitulée « Rashomon ».

— C'est ce comédien-là qu'on a vu répéter tout à l'heure, constate Normand.

Les enfants se regardent, décus. Thérèse est la première à réagir :

— Tu nous as fait suivre un colleur d'affiches, dit-elle à Luc. C'est ça, ton espion ?

# Une filature ratée

Pendant ce temps, dans la salle d'audition, le nom d'Alain retentit. Ce dernier lance un petit sourire à ses deux compagnons, se lève et s'avance vers la table des juges.

Il salue comme il l'a vu faire aux autres concurrents, puis se lance dans la déclamation d'une fable de La Fontaine « La cigale et la fourmi ». Il la connaît par coeur et, dès le début, il se met à la réciter à une vitesse vertigineuse, au grand étonnement du public et des juges.

Albert et Simone se lèvent doucement et se dirigent vers la sortie. Du coin de l'oeil, Alain assiste à la retraite de ses amis. Sans changer de ton ni de rythme, il recule lentement. Interloqués, les juges se retournent pour suivre sa marche. Albert et Simone ont atteint la porte. Albert l'ouvre et tous deux disparaissent. Poursuivant sans faille sa récitation, Alain s'approche de plus en plus de la sortie. Il saisit la poignée de la porte et, au moment où il déclame sa dernière rime, il sort à son tour.

Il traverse l'antichambre, salue poliment la secrétaire et court rejoindre Albert et Simone dans le couloir.

Soulagés de s'en être si bien tirés, ils courent vers l'escalier. Au moment où ils atteignent le hall d'entrée, ils se butent à Luc, Normand et Thérèse qui reviennent de leur expédition.

Normand demande :

— Où est-ce que vous étiez ?

— Il y avait un concours... explique Alain.

Albert demande à Luc :

— Et l'espion ?

— C'était un colleur d'affiches, réplique Thérèse.

— Toi et tes idées de fou, s'écrie Albert en se précipitant sur Luc. Tu nous promets un espion, et tu nous fais suivre un colleur d'affiches !

— Hé ! là ! s'interpose Normand en tentant de le calmer.

Une fois sur le trottoir, les enfants marchent en silence.

— Toi, Luc, tu ne nous reprendras pas... grogne encore Albert.

Luc réplique :

— Dans la vie, il faut savoir prendre des risques...

# L'enlèvement

Albert, Normand, Thérèse et Simone ont juré de se venger de Luc et d'Alain pour la filature ratée. Ils ont mijoté un bon tour à leur façon. Ils ont décidé de faire croire à Luc et à Alain que le Portugais est vraiment un vilain personnage. Pour y arriver, ils ont imaginé de simuler l'enlèvement d'un membre du groupe. Albert s'est porté volontaire.

Le lendemain, Thérèse et Albert jouent à la balle devant la maison du Portugais. Soudain la porte de la maison s'ouvre. M. Soarès sort, referme la porte à clé, gagne le trottoir et s'éloigne sur son vélo-solex. Les enfants poursuivent leur jeu jusqu'à ce que l'homme ait disparu au coin de la rue.

Ils attendent quelques secondes, puis courent chercher un sac de papier qu'ils ont caché dans les buissons. Ce sac contient les accessoires nécessaires pour réaliser leur plan : un long bout de câble et un foulard.

Ils contournent la maison et grimpent sur la galerie arrière. Comme il fait chaud, M. Soarès a laissé la porte intérieure ouverte. Seule la porte moustiquaire est fermée par un crochet. Pendant que Thérèse fait le guet, Albert glisse une aiguille à tricoter à travers le moustiquaire et fait sauter le crochet.

Il ouvre doucement et tous deux pénètrent dans une petite cuisine. Au fond de la pièce, un escalier mène à l'étage. Les

deux enfants s'y engagent aussitôt. Dans une chambrette donnant sur la rue, des caisses de bois remplies de livres sont empilées le long du mur. Albert s'approche de la fenêtre.

— Ici, c'est parfait ! déclare-t-il.

— Sors la corde ! Dépêche-toi, dit Thérèse.

Elle prend un bout de câble et commence à ligoter Albert qui se tient bien droit, les mains derrière le dos.

— Pas trop serré !... murmure Albert.

— C'est presque fini, allons !

Elle termine sa besogne par deux bons noeuds. Albert est ficelé des pieds jusqu'aux épaules. Thérèse lui pose finalement un bâillon. Albert essaie de parler, mais le bâillon ne lui permet que des murmures incompréhensibles.

— Mmmmm, fait-il.

— Quoi ? demande Thérèse.

— Mmmmmm... M.... réplique Albert.

Thérèse s'assure de la solidité des liens et s'empresse de disparaître dans l'escalier. À tout petits pas, Albert s'approche de la fenêtre. Il ne se sent pas tellement rassuré; il a hâte que ses amis reviennent pour mettre fin au jeu.

Thérèse sort et referme la porte moustiquaire. Elle tente de remettre le crochet en place, mais elle entend au loin la pétarade d'un vélo-solex. C'est le vieux Portugais qui revient déjà. Il est en avance ! Ce retour hâtif ne faisait pas partie du plan des enfants...

Au moment où Thérèse va réussir à remettre le crochet, elle entend la porte avant se refermer. Surprise, elle s'aplatit le long du mur, puis elle risque un oeil pour apercevoir le propriétaire de la maison qui s'avance dans le couloir. Affolée, elle recule sans bruit, descend doucement de la galerie et se sauve en se glissant sous la clôture.

Dans la chambre à débarras, Albert, immobile, entend le vieux aller et venir au rez-de-chaussée. Par la fenêtre, il voit Thérèse qui, de la rue, lui fait de grands signes de la main, avant de s'éloigner en courant. Il commence à avoir peur. Le scénario ne fonctionne pas du tout comme prévu...

Dans la cuisine, M. Soarès a sorti des légumes du réfrigérateur. Il remarque soudain que le crochet de la porte moustiquaire n'est pas en place. Après avoir jeté un coup d'oeil dehors, il le raccroche.

# Tentative
# de sauvetage

Installés au petit restaurant du coin, Luc et Alain lisent des bandes dessinées. La porte du restaurant s'ouvre brusquement, Thérèse y passe la tête et, tout essoufflée, s'écrie :

— Venez vite, les gars ! Albert...

— Albert ? Je ne veux pas entendre parler de lui, coupe Luc.

— Mais, il est en danger !

Luc, tout surpris, va rejoindre Thérèse et Alain. Ils se retrouvent tous les trois sur le trottoir.

— Qu'est-ce qu'il y a ? demande Luc, intrigué.

Thérèse raconte d'un ton dramatique :

— Albert est prisonnier dans la maison du vieux ! Il faut avertir les autres !

Puis elle tourne les talons et reprend sa course. Luc et Alain sautent sur leurs bicyclettes et s'élancent à leur tour. Ils ont vite fait de dépasser Thérèse. Ils s'engagent dans l'allée de la cour et freinent bruyamment devant la cabane. Normand et Simone ouvrent la porte.

— Qu'est-ce que c'est ? Est-ce que le feu est pris quelque part ? s'enquiert Normand.

— Albert s'est fait attraper, déclare Luc.

— Par le vieux ! ajoute Alain.

Normand feint l'étonnement :

— Quoi ? Quand ça ?

Luc explique :

— Ça vient d'arriver. Le vieux le garde dans sa maison ! Thérèse l'a vu !

— Il faut appeler la police ! s'exclame Alain.

Normand prend la situation en mains :

— Ça ne donne rien de s'énerver, ce n'est peut-être pas grave !

Simone intervient :

— On pourrait peut-être aller voir nous-mêmes...

— On va y aller tous ensemble, décide Normand.

— Tu es sûr qu'il n'y a pas de danger ? demande Luc.

— Si tu as peur, tu peux nous attendre ici.

Bien sûr, Luc s'empresse de répondre :

— Je n'ai pas peur ! Je disais ça comme ça...

Luc et Alain prennent les devants. Luc attrape en passant son bâton de base-ball.

— On vous attend dans la ruelle ! Dépêchez-vous ! crie-t-il en s'éloignant.

Normand les regarde disparaître. Thérèse arrive alors dans la cour, à bout de souffle. Normand lui adresse un large sourire, pendant que Simone lui donne une bonne tape dans le dos.

— Tu as été parfaite, ma Thérèse, déclare Simone.

— Ils ont marché, ajoute Normand.

Thérèse s'écrie :

— Dépêchez-vous, Albert est prisonnier !

— Pas la peine d'en rajouter, dit Normand, ils sont déjà loin, ils ne peuvent pas t'entendre.

— Mais ce n'est plus une farce ! Albert est vraiment mal pris !

— Voyons... On le sait, nous, que c'est un tour...

Mais Thérèse affirme :

— Le plan ne marche pas : aujourd'hui, le Portugais est revenu plus tôt. Et Albert est là, ligoté, dans la chambre du deuxième étage...

Normand est furieux.

— Celui qui a eu l'idée de ce tour-là...

— Ce n'est pas mon idée à moi, dit Thérèse, c'est celle d'Albert...

— Ce n'est pas le moment de se disputer. Allons-y !

Ils enfourchent leurs bicyclettes et s'éloignent en toute hâte.

Luc et Alain les ont précédés.

Plantés devant la maison de M. Soarès, ils lèvent les yeux

vers l'étage. Derrière la fenêtre, ils aperçoivent Albert, solidement attaché, un bâillon sur la bouche et qui leur fait de grands signes de la tête. Luc et Alain se regardent, désemparés.

— Il faut aller chercher la police ! murmure Alain.

Courbés en deux, ils courent vers leurs bicyclettes. Du fond de la ruelle, Normand, Thérèse et Simone arrivent à leur tour.

— Albert est attaché ! s'écrie Alain.

Luc pointe la fenêtre du doigt. Tous regardent Albert en silence.

Normand décide d'agir. Il dit aux autres :

— Trouvez-moi une échelle !

— Ça ne se trouve pas comme ça... réplique Thérèse.

Normand s'impatiente :

— Cherche ! Dépêche-toi.

Thérèse prend Luc par le bras et ils s'éloignent en quête d'une échelle. Pendant ce temps, le maître de la maison, ignorant tout du complot, se prépare tranquillement une soupe. Assis à la table de cuisine, il coupe des légumes en chantonnant.

Thérèse et Luc ont bientôt accompli leur mission. Ils s'avancent en trottinant, tenant une longue échelle. D'un geste de la main, Normand leur commande d'être prudents. Collé à la fenêtre, Albert suit attentivement le déroulement des opérations de sauvetage.

Tout doucement, on appuie l'échelle contre le mur. Normand fait signe aux autres de ne pas bouger et commence à grimper.

Arrivé en haut, il rampe sur le toit de la galerie. Il rassure Albert d'un signe de la main, puis, s'agrippant solidement au cadre de la fenêtre, il tente de la soulever; rien à faire. Il recommence, grimaçant sous l'effort. La fenêtre ne bouge pas.

Normand se tourne vers le groupe au pied de l'échelle.

— Thérèse !... Thérèse !... Trouve-moi une barre de fer ! ordonne-t-il en sourdine.

Zélés, les enfants se dispersent et se mettent à explorer le terrain vague avoisinant. Bientôt, Luc surgit avec une tige de métal. Il monte doucement à l'échelle et la tend à Normand qui l'introduit sous le cadre de la fenêtre. Lentement, avec

prudence, il appuie. Un craquement sec se fait entendre. Normand se fige sur place. Inquiet, Albert regarde vers l'escalier. Dans la cuisine, le vieux a entendu le bruit. Il lève la tête et prête l'oreille, puis hausse les épaules et continue sa popote.

Normand s'apprête à glisser de nouveau la barre sous le cadre, mais Albert secoue énergiquement la tête et fait signe à Normand de redescendre.

— Descends ! dit Normand à Luc. Vite ! descends !

Les cinq enfants se retrouvent au pied de l'échelle. On entoure le chef. On se parle à voix basse.

# Dernière étape du sauvetage

— Ça fait trop de bruit; il va falloir trouver autre chose, déclare Normand.

Thérèse commence à en avoir assez de tous ces mystères. Elle propose d'un ton raisonnable :

— On devrait aller voir monsieur Soarès et tout lui expliquer.

— Il y a peut-être un autre moyen, dit Normand.

Les garçons se regardent en silence. Le visage de Simone s'illumine soudain.

— On va faire sortir le petit vieux de la cuisine. Ça va te donner le temps de monter chercher Albert.

— Comment vas-tu faire ? demande Normand.

— On va frapper à sa porte et on va lui demander s'il a perdu quelque chose.

Alain a une idée :

— Un chat ! On va trouver un chat et on va lui demander si c'est à lui !

— Bonne idée !

— Je sais où en trouver un, dit Alain en s'éloignant.

Quelques minutes plus tard, Simone et Alain se présentent à la porte. Ce dernier tient un petit chat dans ses bras. Ils appuient sur la sonnette.

Caché derrière la maison, Normand voit le vieux monsieur quitter la cuisine. Sans bruit, il saute sur la galerie et essaie d'ouvrir la porte arrière. Elle résiste, retenue par le crochet ! Pendant ce temps, Alain et Simone disent au Portugais, éberlué :

— On a trouvé votre chat dans notre rue ! Il est bien à vous, ce chat ?

Monsieur Soarès ne comprend pas. Il pose des questions en portugais.

Dans la cour, Luc a trouvé un bout de fil de fer. Il le lance à Normand. Celui-ci transperce le moustiquaire et, fébrilement, il fait sauter le crochet.

À la porte d'entrée, le vieux essaie toujours de comprendre.

Simone répète :

— Le chat ! Le chat ! À vous le chat ?

— Chat !... Belle petit chat, oui !

— Il est beau, hein ? Est-ce à vous ?

— Moi ? Petit chat ?

À ce moment, Normand s'avance dans la cuisine et se dirige vers l'escalier. Tout à coup, la soupe se met à bouillir et à déborder. Laissant là les deux complices, le vieux fonce vers la cuisine. Normand a tout juste le temps de se faufiler

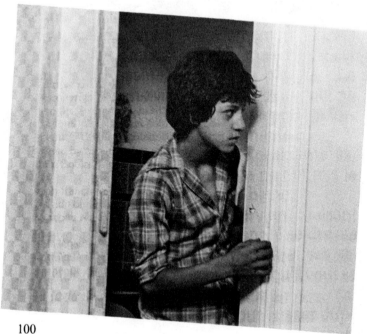

dans la salle de bains. Simone et Alain rejoignent Luc et Thérèse dans la ruelle.

— Normand est à l'intérieur lui aussi, murmure Thérèse. Ils sont pris tous les deux à présent...

Dans la chambre à débarras, Albert a entendu le va-et-vient. Il tente, une fois de plus, de se débarrasser de ses liens. Il est tout en sueur et ne trouve plus la farce très drôle. Dans la ruelle, Luc bondit soudain. Il vient de voir passer une petite voiture de livraison. Il s'élance dans cette direction.

— Je reviens tout de suite, dit-il.

Il court vers la voiture qui s'est arrêtée. Un jeune homme est au volant : c'est le frère de Luc.

— Claude ! Claude ! s'écrie Luc, tout essoufflé.

Le livreur lui sourit.

— Où t'en vas-tu comme ça ? Tu as encore fait un mauvais coup ?

Luc, haletant, lui demande :

— Il te reste une pizza ? Pourrais-tu faire semblant de la livrer quelque part ?

Après avoir discuté, Claude accepte de jouer le jeu. Il va faire semblant de livrer une pizza au vieux Portugais. Luc revient en courant.

— Ça va marcher ! dit-il aux autres. Allez-vous-en en arrière. Quelqu'un va sonner à la porte dans trois minutes.

De la fenêtre, Albert, de plus en plus inquiet, essaie de comprendre le manège de ses amis. Alain lui fait un petit signe d'encouragement.

Chez monsieur Soarès, la sonnette retentit à nouveau.

— Vous avez demandé une pizza, monsieur ?

— Quoi ?

— C'est la pizza que vous avez commandée.

Le Portugais, excédé, renvoie le livreur. Il n'y a jamais eu autant de va-et-vient chez lui. Il commence à se douter de quelque chose. Il décide d'inspecter les alentours et se rend jusqu'au trottoir.

Profitant du fait que l'homme est enfin sorti de la maison, le reste de la bande y pénètre sans plus de précautions. Tous s'engouffrent dans l'escalier pendant qu'Alain monte la garde.

Mais cette fois, le vieux monsieur a vu les enfants se faufiler derrière. Il prend le même chemin. Arrivé devant la porte moustiquaire, il aperçoit Alain, posté au milieu de la cuisine, qui le dévisage un bâton de base-ball à la main.

Interloqué, l'homme essaie d'ouvrir la porte, mais Alain a mis le crochet. Le vieux secoue la porte en protestant.

— Hé ! Qué cé qui sé passe ? dit le pauvre homme.

— Normand ! Normand ! Il veut entrer ! s'écrie Alain.

Le vieux est de plus en plus abasourdi. Il secoue de nouveau la porte, ce qui augmente la frayeur d'Alain.

Pendant ce temps, Normand et Thérèse ont réussi à détacher Albert, et toute la bande dévale l'escalier quatre à quatre.

Repoussant Alain, Thérèse s'approche lentement de la porte. Le vieux la regarde, comprenant de moins en moins. Derrière elle, s'amènent un Normand penaud et Albert tout rouge qui se frotte les poignets.

Thérèse soulève le crochet et ouvre la porte en tentant de sourire.

— On va vous expliquer, monsieur, dit-elle d'un air gêné.

# Tout est bien
# qui finit bien

Monsieur Soarès rit de bon coeur en apprenant qu'à son insu, il a joué le rôle d'un vilain espion. Dans son français hésitant, il explique aux enfants que lui aussi, quand il était jeune, il s'est livré à ce genre de jeux. Au lieu du sombre individu qu'ils avaient imaginé, les enfants découvrent un ami. Ils apprennent son prénom : José. Bientôt, tout le monde se tutoie et s'appelle par son prénom. José offre une tournée de limonade. En retour, les enfants l'invitent à visiter leur cabane.

Le lendemain, on retrouve la bande devant la cabane. Un nouveau candidat est en train de passer l'épreuve du câble tendu en travers de la cour. Les autres l'encouragent :

— Vas-y, José ! Vas-y !

Bien sûr, le concurrent, c'est José, le vieux Portugais. Il manifeste beaucoup de talent, et il semble bien qu'il sera accepté dans la bande. On lui fera subir toutes les épreuves, excepté celle de l'espionnage...

José sera accueilli dans la bande, et l'on dira dorénavant du petit groupe : ils sont comme les cinq, non... les six, non... les sept doigts de la main.

# TABLE DES MATIÈRES

ACHEVÉ D'IMPRIMER
EN OCTOBRE 1987
SUR LES PRESSES DE
PAYETTE & SIMMS INC.
À SAINT-LAMBERT, P.Q.